丁薇　著

波澜后的涟漪

百花洲文艺出版社
BAIHUAZHOU LITERATURE AND ART PRESS

图书在版编目（CIP）数据

波澜后的涟漪 / 丁薇著. –– 南昌：百花洲文艺出版社, 2021.6（2021.7重印）
ISBN 978-7-5500-4200-1

Ⅰ.①波… Ⅱ.①丁… Ⅲ.①诗集 – 中国 – 当代Ⅳ.①I227

中国版本图书馆CIP数据核字（2021）第037682号

波澜后的涟漪

丁薇 著

出 版 人	章华荣
选题策划	胡青松
责任编辑	余丽丽
书籍设计	方　方
封面插画	李路平
制　　作	何　丹
出版发行	百花洲文艺出版社
社　　址	南昌市红谷滩区世贸路898号博能中心一期A座20楼
邮　　编	330038
经　　销	全国新华书店
印　　刷	南昌市红星印刷有限公司
开　　本	889mm×1230mm 1/32　印张 6.125
版　　次	2021年6月第1版第1次印刷
	2021年7月第1版第2次印刷
字　　数	20千字
书　　号	ISBN 978-7-5500-4200-1
定　　价	38.00元

赣版权登字　05-2021-132
邮购联系　0791-86895108
网　　址　http://www.bhzwy.com
图书若有印装错误，影响阅读，可向承印厂联系调换。

前面的话

培养江西文学后备力量，让江西文学队伍呈现良好的梯次结构，从来就是江西作协的工作重点之一。

2020年开始，这一工作有了一个具体的名称："青苗哺育"工程。

编辑出版"江西8090·重点作品创作扶持项目"丛书，是组织实施这一工程的重要举措之一。

我们这一工作的目标，是出版一套1985年1月1日以后出生的、已经取得了一定创作成绩、有了初步创作风格的青年文学作者作品丛书，以此检阅和展示他们的创作成绩，打造一支属于江西的文学梦之队。

今年8月初，我们向全省公开征集书稿。征集工作得到了许多青年作者的响应。有十四位江西青年作者参加了应征。

我们组织了文学评论家、知名作家、诗人进行评审。李杏霖的小说集《少年走过蓝木街》，欧阳国的散文集《身体里的石头》，丁薇诗集《波澜后的涟漪》、刘九流诗集《到处都是轰鸣》、林长芯诗集《流水和白马》成功入选。

这五位作者，都十分年轻，他们最大的出生于1986年，最小的出生于1997年，才23岁。

这五位作者，已经有了一定的创作成绩：他们有的在重要文学期刊发表过组诗、散文和小说作品，有的参加新概念作文大赛等征文活动获奖。

他们的作品集，已经呈现了很好的潜质，比如从李杏霖的小说中，可以看出她已经有了很好的文本意识和语言的驾驭能力；刘九流有相当明确的主题意识；林长芯的诗歌，显示了他与世界已经建立了良好的交流通道，并努力谋求传统和现代在诗歌中的和解；丁薇的写作，努力拓展个人的精神边界，已经有了较为明晰的美学风格；欧阳国的散文，充满了对故土的深情凝视和对亲情的惦念，显得无比疼痛与哀伤。

毫无疑问，他们还有很多不成熟之处，但我们从他们的作品中看到了他们的追求，他们的潜质。这追求和潜质让我们欣喜和期待——

期待他们能拥抱更辽阔的生活旷野，树立更大的文学雄心，冶炼更加纯粹的文学技艺，抵达更高的文学境界。

期待他们乃至更多的江西青年作者，这依然柔嫩的青苗们，能早日长成江西文坛乃至中国文坛的高大乔木。

江西省作家协会

2020年11月

诗是寻找自己的一种方式（代序）

在我的书桌前放着一个圆口的瓷碗，它的圆赋予它本来的形式也类似于诗的形式，碗的本身可以比拟为诗的语言（血肉），而瓷碗的四周虚空就是它的背景，也是它所处的时代，有时候我觉得瓷碗四周的空间与碗内的空虚，反而就是瓷碗本身。

书桌的边缘还放着两本诗集，它们卷角的书页像飞禽的翅膀，但它们一直保留五年前的样子，似乎在暗示我，你写诗已经过了第一个五年。

我喜欢它们在稠密的黑暗中呼吸的节奏，我喜欢聆听它们被第一束晨光抚摸时的尖叫，五年了，它们一直陪伴我走过曲折的心灵历程，走过个人的泥泞小路，走过幽光中闪烁的傍晚，走向秋天的深处那片寂静的小树林。

它们告诉我，诗是一种生存方式，也是进入时间的方式（好诗必然可以超越时间，过去、未来、现在，处于共时的状态），是个人又非个人的情感，是一种内心磅礴的低音，同时又联通了天地与繁星推移旋转的声音，是来自真实存在的最细微的建构，是虚构与真实最理想的组合，是哲学与激情最佳比例。

它们告诉我，深读的重要性，只有通过反复琢磨推敲深入挖掘一首诗的角度、结构，起笔与收局，铺垫与呼应，才能真正把握诗中所蕴含的技艺以及诗背后的风格与品质，若我们选择的是早期杰出诗人的一首成熟时期的作品，那么反复研读这一首就等同于读他的无数首（全集），甚至还可以触摸到他所处的时代历史风云的聚合。

它们告诉我，诗召唤着一种新颖的形式，一种新的视角，它要求我们对语言做到一种更新。每一首都是一种新的开始，它指向一种未知的可能，诗是一种未来的艺术。

它们告诉我，诗是一种听觉的艺术，是精神上的上升 ，是最纯粹的独一的爱，因为它把所有的杂质都转化成一种绝对精密的晶莹。

它们告诉我，诗应该诚实，忠实于自己的感受，忠实于这个时代，找到个人与时代最恰当的位置，恰当与确切是最难的。

它们告诉我，诗是一种孤独的状态，就像山冈上一朵无主的闲云，就像一个人漫步在无人的山路上，时间在缺损的石阶上分行。

它们告诉我，"任真"就是顺从自己的天性，就像诗意充盈于蓬庐的屋檐上，跳跃在酒杯之间。

它们告诉我，诗就是一种判断，对时代的判断，对历史的判断，对自我判断，是一种责任与担当，若抽离掉这些就只剩下一些修辞游戏。

它们告诉我，诗应该简洁，不仅仅是词语的简洁，而应该做到风格上的简洁。

它们告诉我，诗是一种悖论，与世俗向左，与热闹繁华相左，与成功学相左，它只能是寻找自己的一种方式，找到自己就是诗。

它们就是陶渊明与米沃什，我的诗学导师。

丁薇

2020年6月28日

目
录

第一辑 | 给你

目 |
录

第二辑｜囚鸟的减法

目｜
录

第三辑｜雨的情境

目 |
录

目 |
录

第一辑

给你

给J

你跟我说起虚无的那个晚上

我对人世充满热爱

对路灯下两个并肩的影子感到真实

他们真切地，靠近

是对你的一种无声反驳

给姐姐

从未想过

会像星星一样被分布

——一颗星和一颗星的距离

是如今我们的距离

长大后

并不能像小时候

挤在一张床上抱团取暖

习惯用各自的光亮

抵御各自的黑夜

我打电话跟你抱怨

你那边刚好是浓雾弥漫的早晨

你很少提及现在的状况

只是告诉我——你怀念

悬挂在木屋里的白炽灯

给H

下雪了

——这是我听说的

你应该不会喜欢这样的雪夜

它们落下来

短暂地存在又消失

就像这夜晚也会过去

多么虚无和没有意义

我没有收到你的消息

关于雪的期待和你

——都是这个夜晚的猜想

给L

当我读到《给苔丝》的时候

我想起了你

——我确信此刻你的梦乡是甜蜜的

这是属于你的35岁的最后一天

它应该是如此

毕竟再过几小时

你又得骑着车独自走在上夜班的路上

也不是独自

还会有你随身携带的书籍

比如你今天买的《第二性》

每年的今天

你说,你都会给自己买几本书

算是对自己的一种奖赏

对于一个执着于写诗、看书的人来说

还有什么礼物能比这更好呢

也许后备厢还会有最近我们都在读的《我们所有人》

这首诗已经读到结尾了

关于卡佛想对苔丝说些什么

我还不能完全理解

"深读很重要"

——你说的话回荡在耳际

我的目光又回落到了诗的开头

我想不久的某一天

你也会翻到这一页

或许就是今天

给妈妈

这样的情景是少有的：

走着，交谈着

在这陌生的城市

我复制了你的长相

更遗传你的焦虑和宽广

所以顺利触摸到，与生俱来的痛苦

忘了我们有多久没有这样交心

而此刻

走在大街上

你握着我的手

像是我握住多年后的自己

给……

深冬，

万物赤裸、袒露

——还原最初的样子

开始变得日短夜长

她喜欢在夜晚

用一种黑抵制另一种黑

一种黑覆盖另一种黑

有足够的时间掏出自己

有足够的时间

提及不敢提及的一切

给R

虽有月光却不够圆满

你不喜欢冷漠

——这是我知道的

可我们还是开始了袒露的交谈：

"你一定不会像我这样"

"越是了解自己，越觉得没有人会接受"

你不知道的是：

我也有过这样的冬夜

"能把握的东西太少"

试图去接纳吧

接纳姓氏、父母

接纳每月一次的疼痛

以及与生俱来的一切

就像接纳毫不知情的出生

和未知的死亡

给……

可能是一种酒的名字

——我想

像伏特、威斯汀

你用酒一般的烈性

去抓住命运的瓶颈

我想到虔诚、梵音

空荡和回旋

确实更适合你

给学生

该怎么书写？

——一本笔记本前的

犹豫，对于你们，

我有过类似的担忧：

数学是我们交流的工具

在课本和教室里

你们越来越像

规则的几何图形

这多么令人

难过，有一次美术课

老师说："想怎么画怎么画"

你们却迟迟不敢下笔

该教会你们什么？

这样的疑问

在我的心里悬而未决

也不能告诉你们

我比自己小时候还要听话

所有的规则

都在一条大路的两边围绕着

你们可以奔跑

也可以缓慢地散步

怀抱自己的答案

在一张试卷上

给M

你来火车站接我

这每年一次的见面没有因为疫情中断

我们习惯走那条熟悉的路回你家

晚上，我们躺在一张床上

中间躺着的是你的孩子

他已经会叫阿姨了

这多么叫人欣慰

你可以宽慰地告诉你的母亲

你的宫殿替她继续着

我们极力地将头靠近

才能有大学时

挤在一张床上的亲密

你的手不间断地轻拍着孩子

给了他一个梦，直到他

熟睡的鼾声响起

这时候谈天才真正开始

他在梦中行走，仿佛拥有天下

我在你的叙述里

仿佛走在另外一个世界

你的口吻越来越成熟

是什么让你如此理性？

你抱孩子被勒红的手臂还浮现着

如今柔软又坚硬的样子

是我从未料到的

给陌路人

城市浩大，
涌动的人群中遇见的轮廓
下一秒就会遗忘
陌生到陌生的过程
让我感到心安。

遗忘毫不费力。

悲伤的可以继续悲伤，
急促的更加急促。

一滴水被遗忘在雨里。

滂沱

那么多的阳光

涌入房间洒在身上

她，依然觉得冷

——需要这样的光亮

来中和因麻醉带来的黑暗

刮落一片叶子像某个人的逝去

——风轻而易举就做到

而当风卷起更多的叶子

她走出医院

在暴雨没有来临之前

所有的云已经压下来了

突然醒了

雨声清晰坠落

——命运转轮从来不曾停止

她的身体深陷

感受内部草木与木质结构的呼应

——暗夜成为了一种辅助

挡风玻璃

我热衷于每个清晨，

蹲在巷口，

看你擦那辆三轮车。

先是挡风玻璃，

继而是把手，车身，轮胎。

这让我想起那些年，

对待生活这面镜子。

你也总是一遍遍

擦它的灰尘、阴暗，

确保每次面对它，

都能照出一个明亮的自己。

波澜后的涟漪

"只要让你读书写诗的都是好人。"

——你是书的信徒、诗的行者。

每月，你通过推翻前一个自我

而获得

"重生"，仿佛由此

你就在时间的水面上，激荡出波澜

更多的时候，

你像是投身于河里的一枚小石子。

河里水深莫测，

你向着更深处下沉

曾经激起一层一层的涟漪

渐渐缓慢、弱小，直到消失

恍惚

雨一直在下，

路灯越发昏黄，

汽车的尾灯闪烁着

仿佛只为了证明自己的存在。

她站在分叉路口。

这模糊的一切，

像极了她这混沌的二十年。

她试图用手

像刮雨器般用力擦掉脸上的雨水，

好让眼前的事物清晰。

只是雨一滴接着一滴

一滴覆盖一滴。

看不清的不只是眼前的事物，

连带着她自己也变得模糊。

她茫然、木讷地站在雨里

仿佛突然间回到了二十年前

走到了二十年后。

清明

我总会想起那时

你带回家的艾果、饺子和苹果

这些是八岁时的我对清明仅有的了解。

后来我知道清明

不是艾果，不是饺子

也不是苹果，是分别

是白天见不到夜晚的分别

叔叔，我和你又分别了一次

在上午

在国道上

在一座山上

熟悉的土堆上又长满了杂草

我一根一根地拔掉

像是对这一年的想念进行一次清算

酸枣树

"你要爱上自己的命运
如果注定离不开荒野"

"那就一直往下
探索最深处的苦楚。"

"困苦是注定的？"
"那就积攒所有的甜。"

秸秆

田里只剩下光秃秃的秸秆。

它们一点点变黄、变矮。

被早晨的寒霜覆盖，微微弯曲。

我知道，不久后的某个黄昏

一场火将是它们最终的归宿。

父亲坐在我身边叹息，

因腰疼而弯曲身体，

佝偻的样子如同窗外的秸秆。

这么多年，

我没有注意到他的衰老

以及越来越贴近地面的身体。

而这一切在今天

借助一根秸秆我才得以窥见。

橡果树

不是一下子长大的

正如他不是突然睡着

风吹落枯叶

叶子滋润土壤

一切缓慢

却又周而复始

风又一次吹动

鸟池因风化而破裂

它们站立在树枝上

注视着砍掉橡果树的时候

果子散落一地

它们惊飞

而真正的冬天还没有到来……

我们

人间的波光，

在一条大街上流动

被狭小的房间收容。

我们在白天牵手、散步。

我们在夜晚亲吻，挥霍汗水。

我们在重复人类的初衷

——历史再次还原成现实。

只是一天，

时间已经足够。

这镀金的成色多么坚定，

从表面开始，坚硬的质地已经形成。

我们完成了爱情的所有形式。

当白天再次取代黑夜，

我们也将涌入人群……

在一条盲目和必然的道路上

读出人世最后的秘密

毒瘤

你必须接受，它

存在于无人窥视的暗处的事实

也终究被外力作用与你的身体永久分离。

而有那么一刻，

你却怀念它带给你的恐慌、痛楚

以及希望后盛大的绝望。

针

她把针用力插进鞋底，
勒紧线，
再拔出。
动作十分吃力。

阳光下，
她脸上的老年斑像极了
针上的斑驳锈迹。

不，
她就是那枚针，
扎伤过别人，
也扎伤过自己。

多少年了，
不再与人针锋相对，
她收起了最尖锐的部分。

路口

棺木张口的嘴合上了，
它把叔叔吞了进去。

那年我六岁，
不懂生离死别。

只是站在出村的路口
看着八仙抬着，痴痴等着
再一次把他吐出来。

在车上

你告诉我在车上的时候

我想象着

你是不是也坐在靠窗的位置

看眼前的风景，飞快掠过

"很多东西都稍纵即逝。"

一个虚无的人是理智的

你应该不会被周围的喧闹影响

不久后，你就要到达

出租屋和夜灯，你是不是已经习惯

这是来路也是归途

而你已经熟练

在相聚和分别中很快切换……

磁共振

棉花球塞进耳朵

你以为隔绝了外界的声音

躺在磁共振设备上被束缚

像货物被运输进隧道

这隧道里没有光也没有出口

更没有魔术师的彩球

不得不闭上眼睛

仿佛进入黑

敲击声在耳边回响

它们正探测着大脑的内部

有那么一刻，他的内部配合

共同产生的巨大震动

把死亡，拉到他的眼前

夜晚的对话

期间，谈话几次停止

有些风从其间穿过

一群高中生笑着谈着

我们像在发呆，又像在

试图听清他们对话的内容

他们应该不像我们

不会注意到灯光下的身体

仿佛另外一个世界

正在交换着、变化着

不管如何移动

影子走不出多远

始终受困于我们肉身

像我们的谈话

属于内心，也属于这些风

接纳

镜子不愿意平静
它暗藏玄机，建构和解构

在反射作用下
镜子重建你的今天：
已经开始有白发
仿佛葱郁之中点点黄叶
那么刺眼

一道道的颈纹
是一个个套圈，圈住了你
镜子继续建设
——犹如这弹丸之地的小城
这些让你感到恐慌和抗拒？

你惊慌并摁住镜子

像阻止他人窥见

你影子里的黑暗

但它沉默，像是接纳

给了你和自己对话和解的机会……

阳光洒在身上

我们都曾用力抵御

整夜的黑暗

才获得这柔和的阳光

它们洒在身上

用温暖和光亮

让人暂时遗忘阴冷

身后的影子却在提醒

我们，都是背着黑暗的人

在一条路线上，不离不弃

甜筒

他手握甜筒

一点一点地舔着

缓慢

并不是为了吃掉它

只是在享受

这甜的，持续

车站的广播

一再提醒他时间

他依然坚持慢慢品尝

"去完整地拥有，不要在乎过程。"

进站的时刻到了

他将剩余的甜筒丢进垃圾桶里

"每个人的命运

终究要进入铁定的轨道。"

想到他在车厢里，在铁路上
咣当咣当地飞驰前进

这样的真理一样的判定
也跟随我之后的路很多年了，
甜和苦混在一处
我守着答案，远远望着……

献礼

他从口袋里掏出糖果

——在我责备他的数天后

用真切的眼神望着我

并期待我能收下

他这仅有的一个

我接过他手里的糖果

出神地想着：

我也曾把自己

如珍藏一样掏出

可是如今我才明白

爱从来就不对等

像献礼，我们颂扬上帝

面向巨大的虚无

红房子

她吃过外部略甜

里面苦涩的药丸

她看到这栋房子时

它内部的白墙

周围弥漫的消毒水味

被外部的红裹挟着

让她短暂忘记了恐惧

走出手术室后

一些东西正在失去

"失去是永恒的"

来往的行人匆忙

没有人知道她的内部

苦涩又增添了不少

看着手中袋子里的药丸

她觉得自己

就是其中小小的一颗。

列车随想

这个位置之前有谁坐过？

是返程还是奔赴？

火车开动时，

我将接替她去另外一个城市

——她喜欢或者不喜欢的

被暂停的流浪重新启动

我在她的行程中，替她设想相遇：

隔了时空的传递多么微妙

在我下车后，

谁又会坐在这里？

更微妙的是：

我们互相一无所知

所做的事情，却如此一致

囚鸟的减法

射线

带着与生俱来的孤独出发

走下去意味着什么？

一路上，无数个选择

无数次遇见

在没有遇到心动的那个人时

她知道自己是一条射线

此后很久

都会将孤独

——无限延长

线段

让一个人改变

光有勇气是不够的

还要有足够的爱

和冲动时的不管不顾

他们从两头出发

相向而行

确定出最直接的距离

没有理由地改变方向

寻找一种新的意义

尽管此后一生

可能会画地为牢

他们为一道题目解出绝对可能

让无数人看出规则的意义……

角

一条射线遇到

另一条射线

是偶然还是偶然？

她们牵手

并决定一起走下去

像一个数学符号

牵强地解答世俗的命题

——多么坚定

"不能弯曲，沿着既定的道路无限延伸。"

这相遇就意味着分别的结局

在数学定理中，从既有的角度中出发

她们并未察觉

排比

用一颗石子打探水的内部

是此刻正在发生的事

他用力丢石子

试图让水面回应更多

波纹，像一层层递进的修辞

未被说出的

等待一个哈姆雷特

关于水

只有石子知道……

质数的孤独

浩荡的人海

一浪一浪，推着她向前

像是赶赴一场盛大的集合

她们谈笑并三两成群

人为制造出高处

像在人海的浪头上开出花朵

她习惯独来独往

走在嘈杂的人群里，与他人

保持距离，仿佛一滴水

在激流一边，在沙滩缝隙

因深知自己的宿命：

"我有的大家都有，除此之外我只有自己"

多年前，她也曾试着去寻找

与她孪生的质数，相差的2

像两数之间的逗号那么晃眼

"一种孤独不能解救另一种孤独"

对于人，对于海和流水

这是命，是定数：

她在一个集合之内，画地为牢……

解方程

我问及你未来的打算时

也像是随时被巨浪拍打的深处漩涡的水花

"未来谁知道呢"

之后是无尽的沉默

我们是一个方程式里的两个未知数

对于生活这道题始终解不开

矛盾本身

无力和迷茫感

像水草，紧紧缠绕我

溺水者沉溺于水里

该怎么自救？

挣扎和岿然不动

都是一种危险

已经羞于脱口而出爱谁的我

也不再询问谁珍爱我

"爱与不爱都是一种原罪。"

三十岁将近

我规劝自己

要像笼子里的那只鸟习惯被投食

做一条射线，从自己出发

沿着既定的轨道行进

而我总是对电线上
两只贴得很近的鸟走神
也越来越痴迷于
抛物线的弧度之美
它多么极端
但完成了一次属于自己的飞跃

除法

蔬菜一成熟

父亲就忙着打包

一份寄往上海

一份寄往霞浦

还有一份留给我

今早他给我新买了一个行李箱

并告诉我

"每个人都有一个。"

我那小学未毕业的父亲

从我们出生后

对于除法这则运算

从来没有算错过……

乘法

首先要相同

才能演变成另一种运算

这是小时候老师教给我的社交法则

成年后，我才明白

自己是一个加数

需要去遇到另一个加数

才可能有新的可能

作为数学老师的我

又深知：不是所有的加法

都能变成乘法

减法

我的母亲把我从襁褓中分离
这样的运算才刚刚开始

那时的我全然不知
就像不知道为什么成年后
对于孩子脸上天真的笑容会痴迷
而对于眼泪的味道越来越陌生

尽量用节制的语言去表达
也经常感受到虚无的强大

"个位不够减向十位借一。"
而我只是一个单独的个体
减到不够减的时候
我只好停住，仿佛如此
就可以躲在了一个规则之外

负数

从零开始出发

——这既定的界限像宿命

迷人而未知

没有人知道她会选择背道而驰

并渐行渐远

这相反的路程有它的意义

她是所有负能量的总和

是阴暗的代名词

可是尽管如此

还是会有人喜欢她所有的不善

就像一个负数

总有一个对应的正数

无限循环

每天去同一个地方上班

单曲播放歌曲

就连七月的天气也是如此：

一天复制一天的炎热

对于这样的重复

我时常感到厌倦而又无力

无力的时候，

习惯翻开桌上那本卡佛先生：

他已经不是个"酒鬼"

他的"流水账"也越记越好

不久后我还会翻开它

多么庆幸对于某一种事物

我还有再爱一次的勇气

就像这些年

——对于你

我是无限循环小数里的循环节……

最低限度

这是盛大的集会

寒风像某种预告

叶子被风吹起又聚集

多么像此刻的他们

一个挨着一个

呼喊着

理所当然却被克扣的要求

在这个圣诞夜

我们又一次拥有

孩子的天真

而雨，在下

原形

趋近光亮

也就趋近真实：

路灯下，

影子

有足够的能量

它拉长、缩小甚至闪躲

多么随性

——这是她做不到的

一次次与他

重叠又分离

却不觉得悲伤

边界

夜晚的悲伤不该留到白天

这点她比谁都清楚：

一年级画着的三八线

始终提醒着她。

不闯红灯、逃课

生活的齿轮与轨迹吻合

一眼就能看到尽头。

而那夜，

汽车尾灯可以充当补光器。

照片原来是要横着拍的，

使她好奇的远不止这些

他们并肩坐着讨论的时候

她的头自然地倾向了他。

相似

谈及各自的情况：

你手中夹着香烟

细小的烟火一点点

把周围的黑暗点亮了

就是这个时候

我看到了你脸上的悲伤

——迷人而又恍惚。

我接过你递来的烟，

试着模仿你的模样。

回想起这些，

我们竟然如此相似。

没有形式的内容

总在认识不同的人

他们作为一种内容加入

构成了生活的总和

加入和抽离并不绝对

"如果形式不是内容的形式,

它就没有任何意义"

她在他的生活里

是一种内容

却找不到

属于自己的形式

总和

天空给她以温暖

也给她以暴击

这冬日的雪——纯美

却需要抵御刺骨的冷去遇见

她已经习惯了

在接受他的时候就做好了

迎接恶语相向的准备

爱情的伟大

在于它

是一切慈悲与罪恶的总和

必要条件

先有蛋还是先有鸡
至今我都没有弄明白

我身陷于逻辑里
与万物，互为必要

像我与母亲：
她撕裂了自己，带来我
我在她的一边，仿佛边界
一起囚禁着，她的自由

没有我，她不可能完整
而她成就了我
我们相互论证着
有时用抱怨，无休止地

我继承她的宿命

如今，关于谁先爱上谁

我已不想分辩。我知道

词语抽象，从来都是

如此虚弱无力

勺子

它短暂地收容那些

容易流逝的事物。

好让美好多保留一会儿，

没有人在乎它，

它只是一把勺子。

更多的时候只能被悬挂着。

任尘埃一点点覆盖自己

"要容得下美好，

也要装下不完美"

它在等待，

等待再一次有个支点

能让它重新站起来。

孩子想和甜筒比赛

在它融化之前吃完!

进攻前的命令。还在动员:

时间刻板,而你已经掌握主动,

冲锋吧,把这胜利占为己有

蒲公英被风吹散

她们的孩子想飘得久一点:

天地之间,是空旷,也是赛道

"这一次我们要比一比慢!"

每个人都有一颗心,它们在祈祷:

不要那么快,停下来!

用火去炙烤一滴眼泪

可以叫作"热泪"的!

这来自于生命体内的汁液,

把痛苦带上，暗藏在流动之中

炽热，在潮湿中交换

像另一团火的焰，越来越高

枕头里的棉花还没有睡意

它们想回到枝头或者天上

你已习惯了，躲在肉体里

叫醒了每一个感觉

仿佛在笼子里自娱自乐

"这是最好的结局，最后的结局！"

发令枪响了，孩子们来不及看清真相

开始了，一生的大快朵颐

进化论

猴子演变成人类

人类便失去了自由

我们已经接受了这样的说法

不愿意去深究

现在的自己为什么变成这样

言语和行为，与内心若即若离

我们从趴着、翻身、踉跄学步

到直立行走在这人世

把祖先的进化经历了一次又一次

熟练到可以很快适应

这并不是与生俱来的孤独

但却从来，不想完全接受

困境

局限的车灯发出

亮光像一个笼子罩住我们

而周遭是更多的暗

这多像我们谈及的婚姻、国际关系

以及被洪水漫过的稻田

更多的东西扼住了喉咙

发出的叹息声回转在车里

电台里播放着大连疫情蔓延的新闻

在夜里

——我们才有了这样的交谈

低矮的不止是麦子

她没有见过

以至于把那些

只有脚踝高的麦子

当成了杂草。

他们走在麦地里

目的地是一个小土堆

他对着土堆洒酒、呢喃

一串短暂的爆竹声

好像在诉说什么

往回走的时候

土堆一点点隐没

直至不见

明天

一切都不是必然

生活已经充满了不确定

开放的明天

每一个答案，都是明亮的

想着，在这样的夜晚

回顾着一天：

多普通的一天

走在上班的路上

阳光洒在身上

驱逐了昨夜的黑暗

树上的叶子

拥有了一次返回的资格

却又多么庆幸

自己将一个明天

变成了现在

而此刻

黑暗包围着我

把我推向了又一个

不确定的，欣喜

无所作为

我在一个力量里

像时间，漫无目的

又方向明确

核桃

核桃的表皮

是淡绿色且光滑的

饱含寓意

暗河起于表面

聚集着，收纳着

雨水，时光，以及灰尘

一个完整的尘世

向内部延伸

更多沟壑反复、重叠

紧紧藏着心思

建造起深深的城府

仿佛世态

没有谁能真正把握

暗自成长规则

将真实的自己

幽禁在黑暗的内部

——坚硬的只是表皮

她坚持剥开一枚

"颗粒的苦涩需要胶囊的包裹！"

——这是救赎，也是罪恶

入侵

允许在盛夏就开始有
衰败的迹象，一株南瓜藤
有被咬过的疤痕

这是接纳一只虫子
伤害它的证据

在它的周围
有的叶子依旧绿色且茂盛
——是另一种接纳

走进小山丘
就是对周遭的一种入侵
轻些，再轻些
把打扰降到最低

此时，我的眼光碰上

一位起早农作的老人

她没有一丝的躲闪和惊讶

像那根南瓜腾

平静地接受，岁月的入侵

囚鸟

那只被关在笼子里的鸟
成了我近段时间的观察对象

刚开始
它极力地扑哧着翅膀
像一个溺水者对水面的最后挣扎
拒绝进食，并哀嚎

有好几次我都想劝父亲放了它
"它在空中也会有风险。"
宿命是既定的
这些年我已经习惯于被安排
接受自己是一个小学老师

后来，它只是每天早上叫几声
却没有先前那么刺耳

就在昨天，父亲给它投食

我看到它急忙凑近笼子的门口

这多少让我有点失落……

走木桩

木桩坚守在原地

仿佛诺言，答谢

引来的很多游客

它们安稳地给出

游客们走在上面：谨慎、刺激。

身体偶尔倾斜又迅速回正

仿佛他们的行程

短暂地错开，日常的生活

我被好友拉着加入

走到起点

仿佛有了新的生命。

看着他们出发迟迟不敢挪步

一路的胆战心惊

试着迈出第一步

是的，我既是一根木桩

等待着其他人的脚步

一步，两步，三四步

我也是那个走在木桩上的人

既定的结果被改写

我完成了久违的一次冒险

雨的情境

你是我所有的美好

所有茂盛的词语

都在一个季节里疯狂生长

我不能遏制住其中的

任何一个，仿佛都与我关联

年近三十了

人生中最简单的几何题型：

"抛物线的高处就是时间的拐点！"

我喜欢的弯曲形状顺利转过

对于美好，提醒自己不要轻易提及

——尤其在这个立秋日

玫瑰刺伤的疤痕是另一种深刻

一只蚂蚁甘愿被一滴水囚禁

弯月有其自身的美学

——能说不美好吗?

也就是在这样的夜晚灯都熄灭

房间的事物在固定的位子上

而更令人感到心安是:

酣睡的你

在我手能触及的范围:

给出我，最后的答案

下雨的时候

从来没有比这一刻，

更喜欢雨水的。

雨水打在玻璃窗上，

又缓缓滑落下来。

这突然的雨落，

延迟了你离开的脚步。

我们走出门去迎接这场意外，

点点细雨落在你肩上，

也落在我肩上。

它们创造了一种情境，

我为是其中的一部分而欣喜不已。

橘子

橘子在你的手上

它的甜，含苞待放

你认真看着，仿佛看透

看到了甜，看到了甜腻汁液

被它，深深地吸引。

橘子皮被剥离，

一瓣瓣橘子裸露

在灯光下

迫不及待的甜

向外拥挤

空气里，有暧昧的气息

你已经洞察一切

了如指掌。你转动手指

我如同那瓣，橘子

在你面前微微羞涩

又顷刻间，完全透明

午后

阳光照在你身上，

一只白鸽

飞起，落下

在草坪上

似乎在啄着什么。

我觉得我就是那只鸽子，

琢磨着你的影子，

而你，全然不知。

荡漾

江水比你早一步到达

时间还充足

可以沿着小径漫步

然后看看这

——你多次提及的风景

蔚蓝的天空

一朵云挨着一朵云

偶尔有鸟并肩飞过

南风吹拂

拨动我发梢的同时

江面上一圈圈的涟漪散开

我点着轻快的脚步

和江水一同荡漾起来

补光

站在阳台的时候

整个村庄零散着昏黄的灯光

我抬头，

试图寻找光亮

和一切可以发光的物体。

一颗、两颗，

更多的星星出现在夜空

你掏出手机拍月亮，

一束微光正好

落在了你的脸上。

这让我想起那天你给我拍照

用汽车的远光灯补光，

那一束落在我脸上的光。

晚餐

你的电话打来

"成年后有太多的不确定。"

你的车开进厨房的窗户。

我为你开门，递拖鞋

其间你推开厨房的门

帮我擦去汗水

所有的菜都是初次尝试

但味道不算糟糕

在这样的庚子年的晚上

我们的小镇没有疫情、洪灾

这多么让人庆幸

而此刻

面对面吃着晚餐

风刚好吹进来

十指相扣

这些年一个人

习惯了，自己握着自己的手

仿佛一切已经决定

我深知掌心的河流

有宿命的流淌

它们交错、纵横

像二十多年走过的路

一个人不可能两次跨入

同一条河流。哲学的命题打开了

两个人，能否同时跨入同一条河流呢?

当你的左手握住我的左手

十指相扣，紧紧地

仿佛是一只手，一个人

在大街上，步调一致

两条河流可以交汇

之后会发生什么？

必然有人成为支流

我们走着，汇入苍茫的人海

而另一只手空悬……

氟西汀

久处黑暗的人

还是会渴望光亮

他照亮了她的同时

也折射出了，更多阴影

像抑郁症患者

需要氟西汀的抑制才能镇定

药也能引发失眠、焦虑

越来越习惯晚睡

然后疯狂思念一个人

这因为你而产生的副作用

只有夜晚知道

交付

把信任交付于一根绳索

是此刻正在做的事

它带着我们滑行于两座山间

一座山和一座山的距离

在信任中被缩短

孤立的我们

头一次靠得这么近

在缆车即将到达目的地时

我们从车门的两边各自回到地面

上山的路上十指相扣前进

还是有一些风透过指隙划过

在缆车里

开始了就没有退路

我们半悬在空中

缓慢地滑行

你的手微微颤动

我第一次认真地看着脚下的一切

树木足够高大却不至于触及我们

湖水被风鼓动着荡漾

也鼓动我们

使心跳比风声更清晰

这短暂的第三空间有虚幻之美

缆车的笼子继续载着我们翻山越岭

剧烈的碰撞

我需要足够的心理暗示

我们才有悬空的谈话

铁轨

那条铁轨锈迹斑斑

已失去足够的吸引力

我走在枕木上

一边走一边看两旁树木相互交错

有绿皮火车打着喷嚏缓缓驶来

我就从铁轨上跳下来

沿着铁轨一直走

见证一条铁轨与另一条相遇才选择折返

后来我又去过一次

坐在枕木上抬头仰望

两只鸟在电线上对唱

它们只是叫着却没有并轨的意思

现在我写诗，试着和生活并轨

黑暗突显

雨停的时候

就开始期盼月光

我们坐在车里

挨得很近

犹如此刻天空的两点星光

各自的光亮——将周遭的黑暗突显

关于黑暗之外的一切

我们都不敢谈论

之后的每晚

我看到的月亮都比那夜要亮很多

我们也曾如此

细沙把我带到海边，

一对情侣闯入我的视线：

他们并肩走着，

步调和谐得刚刚好。

女孩吃着冰淇淋，

自己一口，也给男孩喂上一口。

男孩转过脸时，眼里流露着海水。

去年的夏天，我们也曾如此。

而此刻，

我正被人群推着向前，

来不及停留

爱过

像两条平行铁轨

我们曾在各自的空间里行进。

相遇——

未知而又必然。

因这相遇，

改变了彼此的轨迹，

向着同一个方向延伸。

更多的时候我像火柴

为片刻的拥抱，

毁灭自己。

也划伤了你。

冷却来得理所当然。

永生路

十一月的夜风

已经足够袭击

一个人单薄的身体

我们走在这陌生的街头

路上的行人，行色匆匆

没有人来关心我们

你帮我把滑落的外套，重新披上后

走到三岔路口

我顺着每条路望去

它们都太长

并且弯曲得一眼望不到头

这是我们唯一的一次默契

——选择　折返

把这条永生路的三分之一

又走了一遍……

仿佛这坚硬的路

坚硬地，呈示出永生的道理

暗暗牵引我们，坚硬地

心跳

霓虹灯渐次亮起来

一切才刚开始

穿行的车辆依旧穿行

只有我们是静止的

你指给我看窗外

告诉我，大家都在等待

美好的东西都需要这样

我的目光落在

窗户玻璃印着的两个小人上

他们头一次挨得那么近

喷泉开始跳跃了……

写信

写出的信

是我要说的语言

在会意中确定

你可以相信

它们都是，此刻的我

这是一支笔的功能：

在办公桌上摆放着

这是多久之前对你的

——允诺。我要兑现

仿佛这个字的本意：

需要细数着笔画、偏旁

对你昨天的交代

我已经忘记

今天的笔触是新的

潜入纸张，命名一段时间

我并不试图去追寻、截取和描刻

一封信写成

我把自己交付出去

像一阵风，吹出生动

吹过我，再吹走，此时此刻

在遥遥的路程上

地图

万物被缩小

聚集在二维版图上

一座城市和另一种城市

可以挨得这么近

不需要高铁、飞机

手指就能丈量出距离

她已经可以很快找到他的城市

在一张地图上

她完成一次又一次最快的抵达

而这一切他全然不知

雨夜

撑伞走在雨中

没有天，也没有地

雨水既是淹没，也是重建

这是晚上的十点

路上几乎看不到人

仿佛，我们已逃离了人间

此时你正驱车赶往

仿佛与什么作坚决对抗

怀揣着必须的目标

彼此路上雨下得有多大

我们并不知道

也不明白见面的时候

雨为什么，就停了

杜鹃花长在峭壁上

坐过山车的比看的人多
走钢丝的人，悬挂着悬念

我们痴迷于现象
以及之外的，长在峭壁上的
杜鹃花

此刻，我在夜晚想起你
年近三十
我深知自己更应静默如石
不轻易提及爱情

而我正写下的这首诗
它可能很快被你读到
这多么危险……

虚幻

昏黄的灯光给出空间

容纳虚幻，在一个人面前

白天进入梦幻

像此刻白亮亮的想念

多么不合时宜

我应该做一个体面的人

在夜晚，月亮睡着的时候

去想你，在静下来的时候

确定自己爱你

就像此时，所有人都入睡

我才有了独自拥有月光的权利

它投过窗户折射进来

光刚好落在我的枕边

——那么真实

她睡了

躺在爱人的怀里

何其幸运

虚弱残废的身体留在人世

但被人珍爱着

——是她没有想到的

她拒绝走出房间

终日拉上窗帘

像月光规避大海

就像从不相信会有人爱她

而此刻她熟睡

不再询问是不是爱她

枕在头下的手臂

是对她的回答

魔法师

细长的实物一点点变成烟雾

场景已经具备

虚实交替，昏黄灯光下

她手夹香烟，像拥有了魔法棒：

她们谈论起多年前的情感

黑匣子被打开，是爱吗?

——"爱不是空洞的。"

变幻出来的玫瑰是它的具体表象

太快还来不及感受

香烟燃尽，烟雾也散去

烟灰被弹入玻璃杯中

杯沿的缺口是真实存在

他们想说，却欲言又止

目光转向四周，仿佛寻找什么

舞台上，已经空空荡荡

买椟还珠

他们又一次坐在了这间咖啡馆，

窗外的梧桐树太过茂盛，

遮挡住光线

只有些许的月光如星片般洒在桌子上。

她用力地搅拌着黑咖啡，

周围嘈杂而他们却久久地沉默。

他们的十年被一张协议平铺开来：

那年也是在这个位置，

月光比今夜的更加透亮

打在她精致的五官上。

她像是夜明珠闪烁在人群里。

笔尖在纸上沙沙作响，

他们交出了彼此的十年。

闪烁的光，

却再也找不到月光盒可以收容。

答案

树的叶子落光了，

怎么结出果实？

——你问我怎么爱？

把耳朵贴在枯木上

它会告诉你

你想要的答案……

苍茫

我们站在月台上，

寒风吹散了半枯野草，

吹散了迁徙的鸟群。

始终没能吹散这冬日特有的迷茫。

橙色的灯光一闪一闪越来越近。

你上车、挥手，

被行色匆忙的人群推着前进

像水滴融入到人海里。

伴随着一阵长鸣，

灯光又越来越远，

消失在白茫茫的雾气中。

而此刻，

我看见一只鸟飞过去，

又一只鸟飞过去。

杜鹃

它，一点点膨胀、变红。

像极了那些初次碰及爱情的姑娘。

漫山遍野的红

——是开得最旺盛的时候

我，在这样的季节遇见你

经常对着一株杜鹃发呆

并想象自己能成为其中的一朵

而更多的时候我只能心生羡慕

因为相比之下

我已经没有什么能给你……

玫瑰

我每天给它换水、修剪，

为阻止它的凋谢。

内部的衰谢无从看见。

尖部有被岁月灼伤的暗黑疤痕

一点点地枯萎。

这鲜艳到腐烂

如我们相遇和分别。

第四辑

笃信之物

入药

每月，我都将一些草类放入砂锅里煎熬。

它们的灵魂与肉体被分离，

药渣被倒掉——

犹如没有废弃的价值观

棕色的药汤缓缓渗入我的体内。

我吞下一口，

也必须伴随第二口，

才能用加倍的享乐补偿所受的苦难。

月复一月

它们在我的体内进行着一场革命。

最终的目的，

是为了让我的身体与其和解……

鸟鸣

清晨是被这鸟叫醒的：

那是街道旁的一个小院，

葱郁的树上像是装着许多小音响。

"叽叽喳喳"的叫声从四面而来。

它们飞起来，又落下，

叫声却没有因为我的出现而中断，

反而一阵高过一阵。

它们飞到我的脚边，

"叽叽叽叽"

又飞回树上。

它们没有把我当成不速之客，

依旧飞行、鸣叫。

而我却因为它们的宽容，

感到无比欣喜。

秋毫之末

叶子渐黄，有些叙述

难以抗衡，当它

左手翻过尘埃的底片

右手就划出了季节的界限。

饱满的尘事

宛若母亲鼓起的肚皮。

远方有鸟鸣掠过，

擦亮窗棂，给我呐喊的力量

试图冲刺的，并不只是

这个多事之秋。

我像蛰伏于大地的最后一枚卵子，

一切齿语才刚刚发声

母亲已是大腹便便的秋日之躯。

所有你察觉到的事物

都在暗自发力，

都有了消逝或抵达的印迹。

水车

它不再需要劳作，

很多时候

它更多地被当作一种罕见的观赏物

孤独地屹立在田埂里。

在田埂的角落

它被风吹动而发出"咕咕"的响声。

这让我想起我的爷爷，

一生与田地打交道。

在打谷机盛行的今天

他仍用镰刀收割。

他每割一次稻谷发出"嚯嚯"的声响，

风车就跟着转动一次。

努力的理由

年迈的父亲

经久未修的泥巴房

还有那比天空

还要蓝的梦想

构成了我努力的理由

我是沉重的

我素面朝天地走向你。

未曾淡妆浓抹,

摇曳身姿。

只是给你一个最真实的我。

仿佛自己轻得如同

你身前的炉灰。

只要风一吹,

就飘散纷飞。

每当我走近你,

都微闭双目。

可是你知道吗?

我是沉重的,

沉重得如同那门前

系满的"愿望带"

深情地,一厢情愿地往下坠

在夜里

只有在夜里

你才是你

我才是我

我们才是我们

当黎明破晓

我们又戴上

各自的面具

过着快乐

大于悲伤的日子

茶壶

她往茶壶里加水
她插入电源，深知
温度是它需要的

它的存在因为有了另一种物质的加入
有了某种特殊的意义。
——不再是杯具
她想自己也是如此：
需要母亲使她成为女儿
需要孩子使她完整
需要男人使她成为女人
需要更多的加入
使她的一生变得富有和贫穷

她看着茶水被倒出
茶水和茶壶完成了一次分离
成为了独自的个体。

深夜交谈

那些未参与彼此的过去

通过夜色被传递

平静而节制

这是时间的功劳

谈及现在

彼此在场的现在

内容过于简短

"未发生的事有不确定性"

——他们对未来有所期待

小心翼翼

像月亮回避大海

老酒馆

她点了一杯卡布奇诺

坐在长板凳上

木板房、木桌、木板凳

这些木质让她回忆起小时候

那时她也住在木板房

不觉得它有多好

不知道咖啡和酒的味道

木架上摆放着旧书

没有翻阅的话

你一定会觉得只是摆设

"曼德尔斯特姆、惠特曼……"

这些是我们熟知的

不只是书

还有旧CD

不难知道

老板，

是个有品人，走进房间与我们敬酒

不喝酒是对酒馆的亵渎

她不熟练地开酒

往杯子里倒了小杯

这时候举杯然后一饮而尽

是对老板和酒馆的褒奖，她觉得。

其间他们谈论感情

她不知道他们在谈论什么

卡佛都不知道

他们也谈论歌曲和生活

对诗的提及却很少

不过没关系

那些书已经说得够多了

走出酒馆的时候

她在门口仔细看了看

它不像酒馆

感情也不像感情

生活更不像生活

只有今夜的他们才是他们……

至少还有

一阵风起，

叶子开始被大地收回。

这让我整个秋天都在担心：

"再一阵风起时

还有什么会被收回？"

而冬天渐近，

窗外的两只鸟

依旧扑扇着翅膀，

用熟悉的声音唤醒我。

当我在清晨再次看到它们，

悬着的心似乎已落下。

翻一本书

它被久置

封页有些许灰尘，

像被记忆封存的一些人

不去触碰就也不会想起彼此发生过什么。

我擦拭并小心地翻阅

纸张泛黄

文字却依旧炽热、疼痛。

而在某一刻，

那个人再次回来

又一次伤害了我。

尘埃

我打开落地窗，

试图让更多的阳光走进来。

光束里

那么多的尘埃也跟随而来，

就像一些闯入我生活里的人。

它们移动、巡视

又肆无忌惮地转动。

整个上午，我用力拍打、清扫，

仍阻止不了它们的存在。

后院的柿子树

它又开始枝繁叶茂了。

这样的情景去年的某一天也出现过。

那时，我总担心树叶落光，

一颗果子扑通掉落，

会让我心头颤抖。

"都走了它该有多孤独？"

这些枝头的火焰告诉我，

担心是多余的。

而我是否更应该担心，那些离开的人

不像柿子

连"扑通"声都没有。

听一首英文歌

我试图翻译他嘴里吐出的

每一个单词

"我愿意为你做任何事"

它却有更强烈的感情基调

"为你赴汤蹈火"

我，语言太过无力。

最终放弃了诠释，

就像早已不去追问一些人是否真实爱过我。

我开始学着只听旋律，

在一些旋律里找到自己想要的，

比如：悲伤和幸福。

中秋

今夜无星也无月，

这已经是一种事实。

在这无月可赏的夜晚，

不再等待凉风吹散乌云

不再等未归的人。

但我们，还是该提及美好，

提及圆满。

毕竟这人世残缺的东西已经太多。

落叶

他们又一次接受了高处与低处的落差旋转、飘落，

最后——低到尘埃里。

高姿态久了，

要弯下腰去，

不是一件容易的事。

"只有卑微到尘埃里，才能发出新绿来"

再过些日子，

他们将抵达一次新的高度

隐疾

它们躲在身体的内部，

偶尔提醒我

它们真实的存在。

这让我想起，

那些来过又离开的人。

他们藏匿于我的记忆里，

又在某个深夜浮现。

他们如同它们一样

虽不会致命，

却都足以让我疼痛不已。

草木皆兵

没有人看得见它们

破土时的坚硬。

那些柔软被人无视的它们

蓄势待发

与土地做着持久的抗衡。

它们唯一的信念是

突围这覆盖在头顶的黑。

它们疯长成

一排排身着绿军装的士兵,

队伍越来越多,

"无数的柔软铸成了一种坚硬"

它们还将变得更加强大

以便抵抗一场秋火的侵袭。

我望着这一茬一茬的绿，

耀眼的绿，

并想象着自己是其中的一株

柔软

却又与一切为敌。

墓志铭

生前不曾拥有的，

死后就不要再给予我。

我来到这个世界——

只是叫丁薇

薇是一朵开过的花

也是一粒尘埃。

草芥在草芥之下，

尘埃能把尘埃怎么样？

让我飘浮在空中或者落地

别为我流泪，

我怕悲伤

别为我举办葬礼，

我怕喧哗

别为我立碑、刻字

这些沉重的我都无法背负。

我要一双干净的手,

为我洗去不属于我的尘埃。

留下我几斤几两的灰

洒在故乡的河里,

那般裸露又美好。

起风了

起风了。

一片落叶追随另一片而去，

冬将代替秋。

满地的绿草会被雪覆盖。

人间的事物有什么不会被取代？

七月的荷花百媚娇羞，

终究不过百日。

我爱过的人呵，

如今是谁替我在你身边。

我是故乡的游客

我去过许多的村落

而对于故乡

——那个坐落在马路边的一个小镇

那里的人、事、动物甚至一株植物,

都不曾了解。

"祖辈居住过的地方就是故乡!"

一年中只有一天——

清明。

因为祖先的关系,

我回到故乡。

像一位异乡的游客

被每一个陌生的丁姓人问好。

又在这一天之后

迅速离开。

飘摇

树下铺满了桃红的花瓣

我踩在上面，

而后听到了破碎的声音。

这是三月的某一天，

春天才刚开始

而一切已经有了飘摇的模样

枝头的一朵花摇曳着

那随时纷飞的样子多像是你

一阵风吹起

我有着从未有过的不安。

雪

雪落下来了。

人间的事物呈现同一种白，

他们获取了片刻洗清自己的机会。

而此刻，

我站在雪地里，

任雪慢慢覆盖着我。

将我还原，化为这众多白中的一点。

笃信之物

从来不会心生乏味

好比童年的糖果，

连糖纸都珍藏着

——那件心爱的衣物

深爱的人啊，

渐渐衰老，

我却不厌其烦地与他相爱，

给他初夜的美妙。

虚无

我们并肩，

天空正好有两颗小星星

它们像我们一样漫无目的。

对这个世界没有要求，

彼此也没有过多的奢望。

走到三岔路口时，

起雾了。

他走进蒙蒙的雾霭里，

成为星云缥缈的一部分。

石佛

她端坐在清华庵，

常年都是一个表情。

祈祷的人向她倾诉

说出平日不敢提及的秘密。

而她守口如瓶，

把秘密尘封在心里

对他人，绝口不提。

这样一想，

我似乎明白为什么

越来越多的人如此信仰她。

失眠

钟表声——

嘀嗒嘀嗒。

这是凌晨三点：

被台风吹散的月光，

又嵌在木窗上。

父亲的鼾声一阵高过一阵

分不清是什么虫子鸣叫。

我翻看手机——

年轻艺人逝世在微博里炸开。

刷空间、肆意揣测。

人们不会放过任何闲聊的谈资，

未眠的人如此兴奋，

这个夜过于喧闹。

选择自杀的人是勇者，

而我只能对自己说一句"晚安"

别去惊醒酣睡的人。

一颗糖

所有的甜都来自内部

——她确信

糖果被糖衣包裹着

好奇是必然的

一颗糖被她怀揣在口袋

至今没有拆开

她想尝试却怕这一点点甜

抵抗不了生活的苦

"就让这期待永久存在……"

走在路上

围绕我的是风

也曾在人潮散尽的夜晚

感受过它极力的反对

它擅长照顾

每一个被遗忘的事物

就像此刻我清楚地知道

这阵风是从去年冬天吹过来的

像那个离开的人

车站

人群涌动，

他们，将被装进一节节车厢里

急于去寻找一种结果。

浩大的候车厅，

广播里的语音提示

一再催促着我做出选择。

离别或是重逢？

月台上，列车渐渐逼近

带着我

"哐当哐当"。

折翅

很多时候，

你望着窗外发呆。

——天空蓝得耀眼

点大的小鸟漫步云端。

你想象自己是其中的一两只，

正在虚无中，虚弱地飞。

我的教鞭不停地奏着嘈杂的节奏。

试图拉回你的视线。

你茫然地看着布满公式的黑板，

继而眼神躲闪地看着我。

粉笔与黑板碰撞发出的唰唰声

是这个教室的主旋律。

这样的场景每天都要上演一次，

我就是这样啊！

终日做着

一面写忏悔录

一面折翅的刽子手。

冰冷

那栋闲置的房子

和其他的房子没有什么不同?

我多次远远地看着它

从来没有打算靠近

钢筋、水泥、混凝土

这同样冰冷的材质

被青苔包裹

隔绝了与世界的联系

在这闹市区里显得格格不入

仿佛深藏着什么秘密

散发着,冰冷的气息

让来来往往的人,畏惧不前

我深知没有人会走进它们

路人走到这时加快速度

走到灯火通明的地方

才放慢脚步，再回头张望

用旧

父亲磨刀时告诉我

这把刀用了十多年

锋利和年岁串联在一起

收割其实就是积攒

——它用真实本身陈述一切：

事物增加了长度

寒冷的日子刚过

树干抖落满身的锈迹

绿叶回到了深处

有了又一次返回枝头的机会

而想你的时候

我把一些常用的词重新罗列

对着镜子一遍遍擦拭自己

好让这用旧的肉身

看起来光亮

薄荷香烟

捏爆至关重要的珠子

像火柴擦出一小团火

需要一个人主动

给予力量，引出深处的欲望

薄荷的种子在一根烟里破土

爆裂后充斥整个烟管

一株薄荷开在舌尖

像大树，瞬间遮蔽了天日

尼古丁的味道被掩盖

她吐出的一缕烟

是掩盖后美妙的具体体现

眼前的事物变得不真实

像极了她们

此刻谈论的爱情

火车

火车里装满了时间

前天，昨天，昨天夜里

直到今天

我们都在火车里

今天的将抵达明天

上世纪的火车"哐当哐当"

不出意外，它们会赶赴更多的未知

我们仍然怀抱着思想

想前想后地

在一个笼子里

完成对时间的抵抗

车厢里播报着到站的讯息

我们从座位中站起来

在过道里来回走上几步

车门就在几米前方

而我们还没有具备挣脱的勇气

立秋

立秋后依旧炎热
甚至更热

树叶也还是青翠得耀眼
知了并没有停止呼叫
再高一点，天还是天
虚无，而且高远

我们该怎么去感受
夏天和秋天的转变？

"所有的变化都暗藏在深处！"
有人告诉我
昨夜的风有明显的凉意

在所有人都熟睡时他失眠

失眠的人有其幸运

——他是第一个察觉的人

不像我们：

叶子黄了才感叹一叶知秋

等苦难降临时，才会后知后觉

在感知天意时

他是幸运的，而我时常觉得

这份敏感是残酷的

对于他来说，又是多么不幸……

绿皮火车

列车里仿佛有人叫卖

像又一列小火车

在过道狭窄的轨迹里

"突突突"地一次一次

扛着蛇皮袋的人们

说着各种方言

蒸煮出嘈杂且沸腾

更像是市场而不是车厢

多年后的今天，

路越来越多，车也是

车厢像一个闲置的袋子

星点的人错落

她们横躺在三个座位上

凌晨一点，她们睡得很安心

没有注意到我

也不用担心有人经过

随时要做到

将脚缩放回座位的准备

我坐在指定座位上

风和光在车窗外

我把目光收回来

有个人从我面前走过去

想到下一站会有人上车

我心里期待着"不好意思，让一让"

悲悯

小男孩蹲在地上

观察着一群蚂蚁围着一小块西瓜皮

这样的情景在我小时候也发生过

那时会有意再丢一两块

看着蚂蚁们齐心协力完成这浩大的工程

想象着自己也参与

下意识拿起扫把

在男孩没反应过来时把它们清扫出门

——是我此刻正在做的事情

"他们会吓到的"

成年后对于碾死一只蚂蚁

已经不再迟疑

诗的涟漪（后记）

　　小时候，我喜欢"投石击水"的游戏。每到一处水域，我就会在附近寻找石子，找到大小适中、形状适宜的，我就会捡起来，在手里掂几下，然后向水面上抛过去。我知道石子不能飞翔，它很快就会落下来，落在水面上、潜入水里、深入水底。我就这样目光跟随着它，仿佛它就是我自己。我期待石子从自己的手中抛出后，完成一次独自的飞行。它替我深入水的底部，在那里探诘未知的一切。水面上仍然有一圈两圈的波纹，它们轻轻荡开，渐渐地淡了，那是它给予我的回应，像所有事物在时间中远去。

　　而诗歌于我，仿佛是生活对我的馈赠。那一行接一行的诗句，仿佛携带了灵魂的重量，形成我精神的水域上一圈圈精细的纹理。

　　2015年之前的我，过着静如止水的生活，日复一日的庸常让我失去了"投石击水"的勇气，我越来越生疏，随之退化的还有对生活的感知能力和对自己的认知。时间的钟声不声不响地覆盖苍茫的世界。芸芸众生茫然行进，在人世宛如清晰的尘埃。但我知道，每一粒尘埃都是我的样子，没有感觉，没有思想，在过去和现实的陷阱中苦苦挣扎。其实每个人都不是平庸的，也不是平常的。如果细心观察，认真打探，真切感受，他们应该是一部长篇小说的内容。如果有足够的能力，他们也会是一首长诗意蕴的来源。

这就是作家的使命。作家要时刻保持疼痛感（也许是与现实的世界相悖）。这一年的一些经历打破了这原本的宁寂，在这一年的年底，我写下了第一首诗：《一扇窗的距离》。与其说它是诗，不如说它是我成年后再次抛出的石子。就是靠着这种"似诗非诗"的写作让我慢慢走出了困境，并开始寻找自己逐渐"钝化"的原因。我感谢那些困苦的经历，让我有了与平庸抗衡的匕首，它们锋利地切入穿过生活的表面，在我们感觉里留下重重的痛感，像石子打破平静水面。这一朵瞬息间的情感的水花，成为我之后写诗的素材与驱动力。写诗就是为了认识自己，每一行诗都与自己的个人生命体验是分不开的，即我写诗必定是与自己的生活息息相关，可能就是生活场景的再现，抑或是追忆。我们将生活进行加工，最后拿出来的都带有自己的温度，就像是那回旋的涟漪，需要水与石头的猛烈碰撞才能出现。

我一直笃信那些生活安逸的人肯定很难写出好东西。他们的生活一成不变，没有经历过生活的波折，情绪的起伏自然不会特别大，个体的生命经历也不是特别丰富，写作对于他们来说是有难度的。

王小妮写过一篇文章：《写诗是不需要时间的》。她将写诗当成了一种习惯和言说的方式，他们有一种自生的动力，产生激情的速度与消耗激情的速度持平，甚至远高于后者。我时常会想，自己和诗歌的关系是持续发烧还是热烈后就悄然冷却。我们所处于的，还是一种消耗性的写作，而这对于自己的写作伤害很大。单纯地凭自己的生活经历，这是处在消耗自我的写作，我们必须要摆脱这种写作，扩展阅读，从个人到非个人，从个人的意念到历史的意识，让写作突破一种习惯，突破语言惯性的习惯，抵达一种技艺与天性合一的自我。

诗歌当然是上天赐予的礼物，一首好诗是可遇而不可求之物（包含一种运气），"投石击水"不一定每次都能塑造出理想的涟漪。而我仍然相信，涟漪已经发生，在现代的水面，在古典的内心，在人群中，它们美丽的声音，仿佛在召唤我，而我一生的努力，就是捕获这种美丽的声音，我无数次像闪电般的一击，就是为了创造出更多的理想的涟漪。

丁薇

2020年8月20日